문학과지성 시인선 447

멍게

성윤석 시집

문학과지성사

문학과지성사에서 펴낸 성윤석의 시집

극장이 너무 많은 우리 동네(1996)

문학과지성 시인선 447

멍게

초판 1쇄 발행 2014년 3월 24일
초판 2쇄 발행 2016년 4월 5일

지 은 이 성윤석
펴 낸 이 주일우
펴 낸 곳 ㈜문학과지성사

등록번호 제1993-000098호
주 소 04034 서울 마포구 잔다리로7길 18(서교동 377-20)
전 화 02)338-7224
팩 스 02)323-4180(편집) 02)338-7221(영업)
전자우편 moonji@moonji.com
홈페이지 www.moonji.com

© 성윤석, 2014. Printed in Seoul, Korea

ISBN 978-89-320-2614-5 03810

지은이는 2014년도 한국문화예술위원회 아르코문학창작기금을 수혜했습니다.

문학과지성 시인선 447

멍게

성윤석

2014

시인의 말

고단하지만, 다시 홀로 언덕에서 우아해질
목련을 기다린다. 기다리고 있다고
나는 말한다.

2014년 3월
성윤석

멍게

차례

시인의 말

1부

손바닥을 내보였으나 11

고등어 12

유월 14

멍게 17

바다 악장 18

바다 포차 21

상어 24

책의 장례식 26

저 서평 28

해삼 30

달방 32

장어 33

해파리 34

오징어 35

文魚 36

2부

바다로 출근 39

아아 이런 40

아귀의 간 42

고래는커녕, 43

목련 44

적어 46

선창 48

임연수 50

상어 2 51

공원 52

장어 2 53

고등어 2 54

고요 55

바다 밑 부러진 기타 56

시장과 개 58

밤의 산책 59

3부

비 63

서서 하는 모든 일들 64

해무 66

바람의 문장 67

길고양이처럼 68

설탕 70

가을 72

사람 74

체념 76

명태 77

작업가자미 78

갈치 79

멸치 80

바다에서 연습하기 82

아귀 83

우해에서 『우해이어보』를 읽다 84

바다傳 86

4부

비 2 89

봄눈 90

편지 91

내 편지엔 도달할 주소가 없어요 94

요구 96

시간들 98

중독 99

게 100

어부가 된 고양이 101

산복도로들 102

바다傳 2 104

사소한 일기 105

성과 속 106

당신의 입구 109

알면 뭐하겠니 110

도마 소리 112

꽃과 생선 114

5부

혀 117

퍼스트 펭귄 118

사랑 120

고통 122

딸딸이라 불리우는 이것 124

저녁 125

닻을 내린 배 126

숙박 128

죽음 129

해설 | 체험의 강도와 실험의 밀도 · 오형엽 130

1부

손바닥을 내보였으나

새로 이사할 때마다 밑이 꺼지고 천장이 뚫렸으니,
언제나 집 걱정은 안 하지 않았나. 짐도 작아져
어느 해엔 큰 가방 하나 들고 이사 가지 않았나.

사람이 가버린 어느 해의 눈물도 어느새 많이 갖
다 버렸으니,
　적어도 남들보다는 봄꽃들과 가을 바다 저녁노을
　강가의 안개 같은 것들을 더 많이, 더 오래 갖고
놀지
　　않았나.

바닥이란 딛고 일어서는 곳만은 아니질 않나. 바
닥의
　바닥 손바닥을 내보였으나,

어느 여름밤엔 담 넘어 집에 가는 그녀의 희디흰
운동화를
　받쳐주기도 하였다네.

고등어

마산 선창이다.

부둣가 방파제에 아침부터 술에 전 사내가 간고등어처럼 누워 있다.

태평양의 끝에서 배를 열고 한여름의 사내는 그늘도 없이 널브러졌다.

여자는 수시로 도리질을 하고 사내를 확인하며, 조개를 깐다.

대합 살들은 아침 해의 살점처럼 고무대야에 떨어지고

발로 차도 박살 날 것만 같은 생의 가게들.

月明期라 했나. 달도 너무 밝으면 고등어들은 흩어지고

수면 아래로 아래로 내려간다 했다.

고기가 없어. 맞은편의 여자는 냉동된

고등어 내장을 파내며,

조개 까는 여자를 쳐다보고, 조개가

잠시 고등어 내장들을 쳐다볼 때

조개 까는 여자의 손마디 상처도 환해질까.

고등어들은 갈비가 되어 저녁 술집으로
갈 테지만,
겨우 일어선 사내는 배달 오토바이를 타고
뱃전에서 방파제로 튕겨져 나온 고등어처럼
어리둥절 다시 바다를 쳐다본다.

유월

유월이 가고 있다 나는 유월의 진술서를 쓰다가 바다를

한번 쳐다본다 이 지역 부둣가를 점령한 괭이갈매 기들은

고양이 울음소리를 내고 나는 밤이면 냉동 창고 위 다락으로

기어 올라가 잤다 잠수기 어업조합 조합원들은 이 제 잠수하지

않고 먼 바다 먼 섬에서 온 배들에게서 신물 어패 류를 사다

팔았다 여름이면 호루래기*가 온다고 했다 올여름 에 나는 호루래기를

먹고 그 배를 타보고 싶어졌다 바다 생선 배들이 가는 대서양을

지나 잠수기 어업조합을 지나 고지서를 받는 날이 면 낮에도

나는 얼지 않는 다락으로 갔다 다락 또한 바다였 다 그곳에서는

아무리 테이프를 종이 박스에 붙이려 해도 붙여
지지 않았다

그 바다에

잠수했다 전복 하나 가리비 하나 따질 못하고 위
험한 간이 사다리

를 타고 내려오면 방파제였다 문어 한 마리가 내
가슴에 흡반을

척 갖다 대고 나를 뛰어넘어 등대 지붕에 올라 내
려오질 않았다

당신에게 집착했던 건, 당신과 함께 있었던 꽃그
늘 때문인 것

같아요. 내가 잡으려 했던 당신의 손 때문인 것 같
아요

달이 뜨면 비어 있는 생선상자들을 이곳에서 저곳
으로 옮겼다

달이 뜨면 새들의 뼈들도 가벼워지고 오징어의 속
살들이

차올랐다 장사가 끝나는 저녁이면 길고양이들은

15

시장을 돌며,

　새끼를 낳을 생선 가게들을 고르며 어슬렁거리고
나는 여전히

　장사를 못 했다 다락에는 여전히 장판이 깔리지
가 않고 둥둥

　떠다녔다

　* 경상도 일부 지역에서 오징어 새끼를 이르는 말.

멍게

멍게는 다 자라면 스스로 자신의 뇌를 소화시켜 버린다. 어물전에선

머리 따윈 필요 없어. 중도매인 박 씨는 견습인 내 안경을 가리키고

나는 바다를 마시고 바다를 버리는 멍게의 입수공과 출수공을 이리저리

살펴보는데, 지난 일이여. 나를 가만두지 말길. 거대한 입들이여.

허나 지금은 조용하길. 일몰인 지금은

좌판에 앉아 멍게를 파는 여자가 고무장갑을 벗고 저녁노을을

손바닥에 가만히 받아보는 시간

바다 악장

바다 곁에 살면 푸른빛을 얻는가. 어깨에 용 문신을 한 짐꾼
사내가 오토바이를 타고 돌아온다. 저 사내 생선 궤짝을 자꾸만
엉뚱한 소매가게에
부려놓은 날은 여자가 죽은 날이었지.
어떤 생애가 장어 골목 사이로 사라지고 해무가 뒤따라갈 때
바다는 머리를 풀어 눈 시리도록 시퍼런 파래 더미를
해안에 쌓고 구름이며 창문이며 바다에 나앉은 낡은 의자며
그런 것들을 붙잡고 바다 사람들은
멸치면 멸치를, 고등어면 고등어 좌판을 내놓는구나.

음악을 건드려도 가라앉지 않는 상실감으로
떠난 후 다시 돌아온 짐꾼들이 얼어 죽은 생선들

의 벌린 입을 다 모아,
　바다의 비명을 들어보려 헤드셋을 낀 채
　바다가 만든 방에서 일하고
　바다가 꾸려준 침대에서 잠이 들 때
　바다에 다시 돌아오면 푸른빛을 얻는가.

　새벽 푸른 입술을 가진 사내들이 고단한 아내들
을 재촉하고
　출렁거리는 가슴과 고무대야에 바다에게서 얻어
온 바닷물을 들이붓는 시간에
　종이 생선상자를 함부로 뜯다가
　죽은 생선들의 칼 같은 가시와 이빨에 찔리는 바
다 밖 사람들

　바다를 떠나지 않으면 바다보다 더 푸른빛을
얻는가.
　바다 재두루미 한 마리 물결 스티로폼 위에 외
다리로 서

제 머리와 부리를 제 옆구리에 묻고 잠이 들 때
혼자서 돌아오는
한 인간의 영혼이여 당신도
바다를 만나면 바다보다 더한 바다를 얻는가.

그때 물결
있는 대로의 제 높이를 다 드러내고 우는 바다

바다 포차

바다에 잠기고 술에 잠긴다

잠깐 조는 사이

거대한 컨테이너 운반선에 라면 한 봉지

달랑 싣고 먼바다로 나가는 꿈

또다시 바다에 잠기고 술에 잠긴다

누가 자꾸 내 뒷덜미를 움켜쥐고

물인지 술인지에 처박았다 꺼냈다 한다

이제 불어

다 불란 말이야

노래 한 곡을 겨우 외우고

대학 동창회에 나가던 꿈

그때 나는 그녀를 일부러 외면했었지

또다시 바다를 걷고 술을 건너간다

수면 아래다 생선들이 느끼는 바닷물의

느낌도 이러할까 어디선지 모를 곳에서

알지 못할 곳에서 서러운 힘이 생긴다

그곳 그곳

민들레 홀씨처럼
거미 새끼들처럼

공중에 알지 못할 무슨 짓을 해서라도

내가 날아가고 싶은 그곳

이 새끼, 아직도 안 불어

물 더 먹여!

상어

마산수협공판장 1판장
상어가 누워 있다.
오징어 5백 상자 사이에 상어가 누워 있다.
상어는 가끔 오랫동안 굶는다.
굶어 상어는 상어
눈을 갖는다.
이놈도 오래 먹이를 먹지 않았네.
상어 한 마리가 누워 있다.
같잖은 수만 마리의 오징어상자 사이에서
쳇, 하는 입모양으로 누워 있다.
나도 쳇, 하는 표정으로 가고 싶다.
상어는
질주로 세상을 가른다.
작은 놈은 먹어치운다.
가을 추석 대목이 가까워지자,
상어 눈을 한 사내들이
돌아온다.
오래 굶은 사내들이다.

이들이 할 수 있는 건

다른 이의 짐을 싣고 질주하는 것뿐이다.

이들도 가끔 오래 밥을 먹지 않고

술만 마신다.

가끔 상어 이빨을 드러내고

닥치는 대로 일행들을 물어뜯는다.

사람도 굶어, 다시 떠날 힘을 얻는다.

돌아온 자야, 떠나는 자야. 불러본다.

당신의 어깨뼈 속에 들어앉아.

흐느끼고 있는 여자야.

생에 답은 없다. 그러니 창고 가서, 창고에서

언 채로 잔다. 이제는 작업복이 되어버린

외투를 입고서

자거라. 모든 괴로움의 답은 잠이다.

가서 자거라.

책의 장례식

바다로 가기 위해 가진 모든 책을 버렸네
더 이상 나아갈 수 없는 곳으로 가기 위하여
수천의 문장을
버리는데 육조 혜능이 게송을 들려주고 굴원이
리어카를 밀어주었네
나 두 대의 오토바이를 양쪽에 세운 뒤 네트를 만
들고 하는
　냉장 창고 서기들의 족구 시합에 참석하기도 했네
킬킬거리며
　멘델레예프가 적당한 도수를 만들어 황제에게 바
쳤다는
　보드카에 취해 밤새 서기들이 추는 오징어 춤 해
파리 춤을
　구경하였다네
　새벽이 되자, 서기들은 다시 생선들을 기록하고
　나는 버린 1.5톤의 책들 속 멸치 떼처럼 튀어 오
르던
　명징한 문장들을 지우려 애썼다네

나 이 바다로 오기 위하여 책을 버렸네
더 이상 숨을 수 없는 곳으로 가기 위하여
수천의 시들을 버리는데
횔덜린이 요양 병원 창가에서 내다보고
김소월이 자신의 시 「비단안개」에 누가 곡을
붙였다며, 불법 테이프를 건네주었네
나 책 한 권 가진 게 이제 없다네 이 장례식엔
아무도 조문 오지 않고 킬킬 빨간딱지를 가지고 온
집달리만 도대체 책들을 어디다 버렸냐고
고함을 지르고 있다네

저 서평

한 번 만나고 안 만나주는 여자를
선창 사내가 찾아가는 길처럼
나는 집으로 돌아가고 있는 것이었는데
바다 너머로 노을이 늘어진 스웨터처럼 퍼졌다.
모든 일이 옛일이며, 어둠인데
해는 오늘도 옛사람의 붉은 옷을 내보이는구나.
가자 가자 가자 잿빛 물길에 가라앉는 여자의 눈
빛이
다 주고도 생이 지겨워
바람에 펄럭이는 노숙자의 옷깃에서
한 노독이 다른 노독을 불러
노래하게 하는 수변 공원을 보게 하는구나.
밤은 이렇게도 오는구나.
주점의 문이 열리면서
밤은 방파제를 향한 불빛에 차곡차곡
엎어지고 엎어지는구나.
한 번 만나고 안 만나주는 여자를 찾아가는 길
처럼

나는 산복도로 칠십 계단을 다시 오를 것이나, 밤
은 왔고
　자, 이제 누가 다시 저 어둡고 두터운 책을 펼쳐
　서러움을 배울 것인가.

해삼

해삼을 파는 김 씨는 뱃살을 빼러 헬스장으로 가고 해삼은 항문을 통해 가끔 배 속 내부 기관을 버리고 새로 만들기도 한다 해삼의 똥구멍은 커서 숨이고기가 들어와 살기도 하는데, 가관이란다 다른 물고기가 숨이고기를 먹으려 하면 해삼이 독소를 뿜어 다른 고기를 쫓아내는데 거참 해삼은 몸으로 한 고기의 집이 되니, 떠나왔거나, 돌아오거나, 헤어지거나, 부자거나 인간사 이룰 수 없는 내공을 쌓았다

어느 날 나는 속을 버려 창자를 떼어버리고 싶을 정도로 앓았는데, 아프다 소리도 못 하고 하루 종일 고등어 내장만 파는 한여름날이었다 생선 살은 쭈쭈바처럼 녹았다 화장실을 들락거리는데 왜 인간의 항문은 통쾌하게 뚫려 있지 않을까 이래가지고서야 하늘과 땅 어디하고 시원하게 내통할 수 있을까, 하는 의문이 들었다

인간의 속은 너무 복잡하구나 구불구불 돌고 돌

아 머무르다가 제대로 내지르지도 못하는구나 해삼
의 입은 다섯 개 그래서 항문이 커야 하는데 바람도
불고 구름은 오래 머물고 있는데 불현듯 해삼 똥구
멍에 바닷물 든다 바닷물 들어

달방

사랑에서도 나 설움밖에 챙긴 게 없어
월세 같은 세월에 밀려
달방에서마저 달만 들고 나왔다네
월영동 반월동 완월동 신월동 두월동
달방들이 모여 있는 골목을 지나
나 바다에 다다르면,
천막 포차 꺼진 백열구에 내 달을 넣어
밤바다 물결을 타고 넘고 싶었다네
배달 오토바이를 타고 헤드셋을 건 채
바다로 질주한 생도 있었다지 아마
나 어두워진 채, 떠나온 달방을 보고 있다네
밤바다 물결 밤바다 물결

물이 결을 세워 솟아오를 때

장어

여자는 바다 장어의 눈을 꼬챙이에 고정시킨 뒤
능숙하게 아가미에 칼을 집어넣어 단 한 번에 장어의
껍질을 벗겨버리네. 저렇듯 막막한 시간의 분초들도 너무 쉽게
벗겨지나, 선창 사내들은 어항을 헤쳐 간 뒤 돌아올 줄을 모르네.
일할 때나 밥 먹을 때나 잠결에서도 사내들은 술에서
깨는 법이 없다네.
새벽 장어 떼처럼 부글거리며, 사람들이 난전을 지나가고
돌아서면, 다시 여자에겐 검은 고무장화 같은 고단함이
눈썹에 매달리네.
선창 사내들은 꿈을 꾸지 않는 이가 많다고 하네.
술이 곧 꿈이니, 살아 취해
바다를 벗기리.

해파리

해월(海月)이라고도 불렀답니다. 바다의 달, 정약
전은 유배지에서 얼굴과 눈도 없이
  치마를 드리워 헤엄을 친다고 기록하고 있습죠.
달이 치마를 드리워 세상의
  사람을 어디론가 어디론가 알 수 없는 이끌림과
당김을 향해 가게 하듯이 오롯이
  바다가 뒤집어져야 해파리 떼들이 다시 사라지겠
지만 오늘은 시월의 달이 너무 부풀어
  저 빛의 치마를 견딜 수 없군요. 그래요. 떠나온
곳의 미련처럼 오늘은 해파리 떼도
  몰려왔군요.

  그래요. 가고 있는 길의 두려움처럼 바다에 수만
의 달빛 치맛자락들이 꽃잎처럼
  떨어져 있군요. 저 꽃잎들의 간 곳을 내가 새롭게
기록한다면 달빛 하나 바람에
  훅, 날려 당신 자는 곳 창가에서 휘날릴까요.

34

오징어

선동이란 말은 배에서 바로 얼렸다는 거다 집어등을 달고 바다로 나가는 오징어잡이 배들은 불빛을 보고 서서히 수면 위로 떠오르는 오징어 떼들을 보면 환장한 슬픔이 거기에 있다는 거다 바닷속을 다 뒤져도 없을 밝고 희고 눈부신 꽃들이 바닷속에서 휘날린다는 거다 그 슬픔들의 휘날림에 자기도 모르게 선원 하나가 스르륵 바다로 빨려 들어가도 바다와 배 사이에는 적막이 조용히 오갈 뿐 수면 내시경으로 바다 밖으로 떠오르는 오징어 떼들에겐 배에 달린 집어등 불빛의 흐느낌이 보였을 것이다 그 불빛의 흐느낌을 뜯겨버린 생으로 혼자 앉아 있는 술집에서 나도 언뜻 본 적이 있다는 거다

文魚

　자신의 이름 앞에 글월 문 자를 붙여놓다니, 문어
야말로 문학적 생선이로군. 생김새 자체가 글월처럼
무언가 말하려 하니까, 고작 몇 마리 새끼를 살리기
위해 6개월이나 10만 개의 알에다 산소를 넣어주고
지키다 죽다니, 문어야말로 가장 화학적인 생선이로
군. 도깨비 화자였던가. 생이 죽음으로 화할 때, 화
한다는 건 도깨비의 다리를 건너가는 것. 허물을 층
층나무 4층에 벗어두고 간 매미는 어디로 갔을까. 살
아 있으되, 살아 있을까, 갸우뚱거리는 날들에 질주
할 수 있는 오토바이와 바다를 곁에 두고 고무대야
에서 철퍼덕 탈출에 성공한 저 문어 바라보는데 폐
암 말기인지도 모르고 글월 문 자 그대로, 어시장 50
년 여장부인 그대로 새벽 수협공판장에서 쇠수레를
짚고 서 있는 안화점 여사

2부

바다로 출근

　곤히 자느라 땀에 전 귀밑머리 아이 둘이 검은 바
다 미역이 밀려들듯
　다가오는 밤을 뒤적이고 있는 새벽을

　새벽을 등지고 언젠가 데리고 놀러 갔던 천문대
망원경에서 손바닥에 받아 온 달 하나를

　창가에 걸어두고

　철제 대문은 오늘도 내 등 뒤에서 철컹 다시 한 번
철컹

아아 이런

생의 비의란 창고만 하기도 하고 상자만 하기도
해요
여름 햇살에 물 부어라 고기 다 녹는다 고함 소리
사이
모금함을 밀며 오체투지로 하루 종일 기어 다니는
저이가
밤이면 벌떡 일어나 고무다리를 벗고 퇴근길 술
집에
나앉는 것처럼 생의 비의란 뱃살이 여윈 갈치상
자에
돼지표를 갖다 붙이는 것이기도 해요
우리도 그렇게 살아오지 않았나요?
멀리 떠나도 그대로인 일이 있어요
사람의 일 또한 좌판만 하기도 하고 앞바다를 지
나는
컨테이너 운반선만 하기도 해요
장사든 뭐든 잘 몰라야 잘한다 다 알면
못한다 다 알면 안 사고 안 판다 좌판 할머니의

훈계 사이 생의 비의란 세상에 맛없는 고기가

어디 있냐,는 리어카 토시 장수 영감의 가래침에

있기도 해요

궁금할 것도 없어요

아아 이런 생의 비의란, 오늘만 해도 세번째 왕복
하면서

고무다리를 끌고 시장을 기어 다니는 사지 멀쩡한
저 이가

오줌이 마려울 땐 그냥 엎드린 그대로 싸버리는
것과 같기도 해요

아귀의 간

아귀의 간을 먹고 당신을 만나러 갔지만,

당신의 입술은 고개를 돌린 곳에 가 있었습니다.

나는 다시 아귀의 간을 꺼내 먹고 당신을 만나러
갔지만,

당신은 다시는 나에게 입술을 내어주지 않았습
니다.

당신 입술에 내 입술을 갖다 대지 않으면,

내가 아무것도 못 한다는 걸 알면서, 밥도 잠도
술도

저버린 채 아무것도 못 한다는 걸 알면서

입술은 고사하고, 내 눈 속에서조차 망설이고 망
설이는 당신입니다.

나는 다시 아귀의 간을 삶아 먹고 당신을 만나러
갑니다.

이번엔 당신 입술이 돌아갈 그곳에 가 있기 위해
당신을 만나러 갑니다.

바다엔 아직 아귀가 지천입니다.

고래는커녕,

당신에게 준 내 마음을 당신에게서 돌려받아
얼리고 얼렸더니, 그 언 살들은 얼음 창고 구석에
처박혀 아무리 찾아봐도 보이지 않고

다시 당신의 바다에 흘려, 흘려보낸 내 유자망
그물엔 아무것도 걸리지 않아,

나는 마시네.
대구리배*들만 선창에 오고 가고
마시네.

등 터져라. 내가 보고 있는 당신의 등.
고래는커녕, 흥!
내가 고래다. 흥!

* 저인망 어선.

목련

발자크 씨, 나도 당신처럼
내가 글을 바친 여자 뒤에 숨어,

발자크 씨, 빚쟁이가 찾아오면
뒷문으로 수십 년을 도망 다녔던

당신의 아찔한 그 뒷골목을
나도 당신처럼 뛰쳐 달려 나갔는데

글에서 벗어나지 않기 위해
하루 수십 잔의 커피를 마신 당신

하루 수십 잔의 술잔을 비워도

나는 당신처럼 일백 편의 장편소설을 쓸 수도 없고
당신이 쓴 일백 편을 다 읽을 수도 없으니,

당신과 함께 달려 나가는 그 뒷골목에는

왜 그리 가계와 사랑의 난간들이 가파르게
구름에 걸쳐져 있는지

무언가요?

봄날 골목 끝에서 맞닥뜨리던
희디흰 그 치욕들

오히려 송이송이 꽃 피어
한 오후를 더 살고 싶던 오후

적어

고등어는 파랗고 적어는 빨간

고기다 좌판 위에 나란히

깔린 고등어와 빨간고기 빨간고기는 아까라기도 하고

눈볼대라고도 하고 적어라고도 하는데 냉동된 빨간고기의

가시는 날카로운 창과 같아서 경력 수십 년 된 직원들도

손대기를 주저한다 대체로 손님들은 빨간고기 주세요, 해서

빨간고기다 나는 떠나온 서울에서 사람에게도 빨간 사람이라고

손가락질하는 사람들을 본 일이 있다 사상이라는 말엔

원래 빨간색이 흐르고 있을까 철학은 흰색이고 시는 회색일까

별은 노랑이고 죽음은 검정이고 슬픔은 주홍일까 바다는

파랑으로 하양을 만들고 또 덮친다 당신은 무슨
색인가
파란고기인 고등어를 칼로 손질해보면
안다 파란 고등어의 피가 빨갛게 철철 흘러내리는
것을

선창

부둣가에 와서야 날들이, 빈 비닐봉지처럼 날아다
니던 날들이, 생으로다 물결을 타고

날들이, 흘러가고 있는 게 보여. 波市를 빠져나와
선창을 거닐었지. 바다에 눈빛을 던져두고

그 눈빛 그물에 걸리기를 기다렸지. 어시장 리어카
꽃장수에게 산 이천 원짜리 화분에

시간을 묻고 물을 주거나 했지. 자라지 않는 시간
이 있을까. 나는 아직도 자라나고 있는

걸까. 희망은 너무 크고 슬픔만이 체형에 맞는 사
람들. 생선 사체 무더기 곁 선창에 병들어

죽은 괭이갈매기의 사체를 보고 여자들이 놀라는
건, 아직 새에 대한 연민이 남아 있기

때문이야. 우린 비천하지만, 날갯짓은 기억하기로
했던 것 같아. 그게 남아 있는 게 신기해.

폐선은 바다에서 녹고 사람은 비에 녹고 있어. 날
들이, 나부끼는 물결을 넘어가며, 내

눈빛을 되돌려주면 고맙겠어. 이상하지. 날이 갈
수록 길에 있는 게 편해. 어쨌든 가고 있는

거잖아.

임연수

사람이 된 생선이 있다

임연수라는 바다 생선인데 함경북도에 사는 임연
수라는

이가 잘 낚았다 해서 임연수라고 부른다 임연수가
임연수를

먹은 셈인데, 임연수는 참 맛있는 생선이라

손님들이 매일 불러 사람 이름을 얻었다

임연수 씨, 당신과 포장마차에서 독대해

오늘 또 한잔

당신은 사람처럼

나는 한 마리 임연수어처럼

누가 누구를 먹었는지 모를 때까지

상어 2

여자는 상어를 씻고, 청상어야, 청상어야, 검푸른 상어를 씻고 사내는 상어를 오토바이 뒤에 실어 나른다. 어젯밤에는 상어를 베개 삼아 잤는데, 꼭 물속에서 자는 기분이었어. 여자는 상어의 배를 만지고 상어의 고추도 만지고 상어의 아주 작은 눈도 만지네. 사내는 힘이 세고 힘이 세 이 미터가 넘는 상어쯤 거뜬히 어깨에 메고 떠났다 돌아오고 떠났다 돌아오는데 어떤 흐린 날은 상어 한 마리가 모자를 푹 눌러쓰고 상어를 어깨에 메고 오기도 하는데

누구는 상어의 간을 사고 누구는 상어의 지느러미를 사고 누구는 멸치 먹다 걸린 상어 이빨을 얻어갈까, 서성일 때 문득 생김새 자체로 위대해지는 상어의 존재, 한 마리에 짓눌려 나는 상어의 아주 작은 눈빛만, 그 눈빛만 몰래 가져와 오래 거울 보며 연습했다.

공원

햇빛이 있었다
내 머릿속에 덩그러니 앉아
아직도 잠들지 못하는 여자
(잠 못 잔 여자의 눈썹엔 언제나 어제의 달이 손톱
으로 맺혀 있지)
(잠 못 잔 여자의 손톱)
잠이 안 오는 여자
바다를 보여줘도
도무지 잠을 잊어버린 채
잠이 없는 여자
햇빛이 있었다.
잠 못 잔 여자의 우산과 창틀과
스카프와
립스틱이 있었다.
오늘도
내 스웨터 소매에 목걸이를
걸어두고
내 심정에서 진주가 아닌 돌이 되려는 여자

장어 2

장어의 꼬리는 바다가 차려준 자신들의 구역에서 더듬이 역할을 해

더듬이는 더듬어 아는 장어의 촉수겠지 장어 꼬리를 먼저 먹는 자 그자가

아무리 서쪽에서 온 눈먼 무사라 해도 눈총을 받을 수밖엔 없지 더듬어

아는 것이니, 그 실패가 얼마나 많았겠어. 실수는 또 어떻고 상처는 또

어떻겠어? 얼마나 재게 놀려야 먹이와 길을 얻을 수 있었겠어? 알겠니?

장어구이 앞에서 우리 더 이상 허리 아래 이야기는 하지 말자.

고등어 2

딸아
고등어는 달이 너무 밝고 바다가 따뜻해지면
살이 마르고 입술이 부르튼단다 고등어는 춥고
달이 어두운 저편에서 바다 깊숙한 곳으로 내려가
살을 찌우지
딸아 자라다 보면 슬픔을 밥으로 먹고
설움이 책처럼 펼쳐지겠지만
사람도 춥고 어두울수록 아래로 내려가
영혼이라고 하는 걸 길러내야 한단다 그때 마음을
단단하게 만들어야 해

고요

마산 바다 조각 공원 백목련 아래에서 쉬다.

미쳤다. 왜 그랬니? 정말 미쳤다. 숨소리 말소리
사이

조각 난 생들이 조각 공원에 와 기이한 돌들로 선다.

흐르지만, 흘러가지 않는 바다 물결을 나는 가졌
으니,

괭이갈매기 깃털 같은 고요가

나에게도 쌓일까. 다시 길을 나서야겠지만

고등어 몇 짝 살피듯

나는 길을 셈해본다. 미쳤다.

나는 길을 손해본 것이다. 고요가

백목련에게 가 달라붙다.

미쳤다. 왜 그랬니? 고요가 한 순 간

흰 입을 딱 벌리다.

바다 밑 부러진 기타

방파제에서 실족하면 붙잡을 데가 없어, 그냥 죽고 말아. 자신이 아는 죽음이란,
언제나 자기가 먼저 자기를 죽이는 거 아닌가. 그래서, 방파제 건다. 슬쩍
사람들이 타이어도 빠뜨리고 플라스틱 통도 빠뜨리고 하는데

이곳 사람들이 사라지면, 이웃들은 사흘을 기다려, 사흘 안에 바다에 안 떠오르면,
바다를 떠난 거라는데,

오늘 방파제 계단 밑 바위에 빠진 부러진 기타 하나

해파리가 도에 붙고 홍합들이 솔을 짚어

울리네. 일렁 일렁

사흘을 기다려도,

덩그러니 앉아 일어나 가지 않는

내 바닷속 당신

시장과 개

오른쪽 뒷다리를 절룩이며 시장 대로를 오가는
저 개는 먹을 것이 없어 지금 여기 있는 게 아니다

재작년에 죽은 개의 주인이 시장을 오고 가며
저 개를 항상 곁에 두고 다녔기 때문이다

하루 수십 대의 오토바이와 물차가
오고 가는 시장 사이를 주인도 없이, 주인을
따라가고 있는 것이다

저 개가 시장에서 가고자 하는 곳은
여전히 주인이 곁에 있는 시장뿐

나의 主人은 여전히 병중이시고
나 또한 시장 새벽 불빛에 매일 아파서,

나는 저 개를 몰래 따라가본 일이 있다

밤의 산책

밤의 막은 어떤 것을 붙들고
저리도 펄럭이며, 펼쳐지는가
어둠은 밤이 길러온 개, 곳곳을 쏘다니고

갈라지고, 부딪치고, 으깨어지며
애틋함을 알게 되자마자, 당신과 내가
서로 무서워져버린

밤의 산책길 그 길에 쓴 편지는
내 고단이 어제보다 우아해진 달에 가 앉아 있다고

사랑이란, 억새들이 흰 흐느낌으로 흩날릴 때
흩날리면 지는 것이어서

늘 바람이 실어가는 당신 생각
실어가네
기약 없는 날에 떠넘기네
당신 생각

3부

비

오늘은 서쪽 바다가 지워졌다 왼쪽 어깨를 다친 채
바다 안개와 아침참을 먹는다. 오래된 냉동 창고
식탁 위에서 희미해지는 여명. 비가 내렸다.
강도의 칼과 도둑의 복면처럼 빗줄기 너머에
있는 세월 속 고함들이 들리지 않는다.
서쪽 바다를 다시 찾는데 누군가 그 바다 사라진
지 수십 년이라 할 때
도리질을 하며 어디론가 밀려가는 동쪽 바다
상회 유리창 너머로 빗방울 방울들이 입김에 맺
힌 뒤
지금 이 순간도 언제, 어느 때의 시간이라는 듯
사선을 그으며, 동쪽 바다마저 지운다.

서서 하는 모든 일들

새 떼가 범고래 모양으로 날아가는 사진 한 장을
서서 보다가

한 번도 앉지 않고 하루를 보내버렸다

구름도 양이 되었다가 상어가 되었다가 했는데

생선 떼는 그리할 리가 없지 하다가

먼바다에서 온 생선 떼가 갈매기 모양으로 바닷
속을

나는 생각을 했더랬다

서서 밥을 먹고 서서 소주를 급하게 들이켜고

서서 손님들의 주문 메모지에 쓴 시 한 편

잃어버린 채 모래성 모양을 띠고

서서 생각한 당신 얼굴

옛다 오늘은 바다에 맡긴다

해무

해무는 하나의 바다짐승이다. 비가 그치고 해무가 바다를 잇는 대교로

다가서자, 바다 생선들은 마르고 여름이 온다. 야윈 전갱이의 내부를

들여다본 일이 있다. 생선들은 겨울이 와야 살을 찌운다. 여름에 잡은

것은 그나마도 살이 물러 맛이 없다. 무릇 잉태 직전의 생선이 가장

아름다운 것이다. 오늘은 참 깨끗하고 맑은 해무를 만난다. 저런 해무로

집 짓고 살고 싶어 했으니, 그 안에 방을 들이고 등불을 켜려고 했으니,

쯧쯧 떠나왔고 다시 떠나야 함이 당연한 말씀이다. 해무는 잠시만 있다

사라지는 바다짐승이다. 까다로운 손님처럼 이 생선상자 저 생선상자

뜯어보자는 법이 없다.

바람의 문장

추억이란 자신의 아둔함을 바라보는 일이다.
그러나 어쩌나. 학교보다는 어리석음을 먼저
배워버렸으니,
雲井驛에 와 나는 사라져버린 우물을 생각한다.
우물은 구름이 되어 하늘에 떠 있다.
바람이 데려가버린 우물.
그 바람을 눈에 새겨 먼저 가버린 이를 나는 안다.
식솔들이 뒤따라가
노잣돈을 녹슨 문고리에 걸어두었으나
그는 구름이 된 듯
내 어깨 위만 오른다.
바람 속에서 누군가를 위한 문장을 완성할 수 있
지만,
아무것도 말할 수 없는 세월이 오고 있다.
지난 일이란, 내 연못을 내어주었으나,
바람 부는 하천변 어두운 구멍으로 돌려받는 일.
市井에 네 연못을 내어주지 마라.
바람 부는 날 네가 앉을 물가 또한 없으리니.

길고양이처럼

요양 병원 산소 호흡실에서
어머니 기어코 가시네
천애고아 물가에 나앉은 아이처럼

나 물가 애 자만 사전에서 찾는데

십오 년 우울증 병상에 누워서도
자식 몰래 아래층 피부과에 얼굴
점 빼러 다니신 예쁜 우리 어머니

숨을 모아 한순간 손을 놓으시더니,
삼베와 종이에 곱게 접혀
냉동고로 가시더니 화장한 뒤
다시 한지에 곱게 접히시네

신이 예쁘게 태아의 눈과 코와 팔다리를 접어
그것도 부족해 탯줄로 묶어 이 세상에 보내실 때는

애련 없이 살아라, 하였겠지만

새벽 어시장 골목에서 마주쳤으나
용케도 자기 몸뚱이만 한 은대구 한 마리를
입에 문 저 길고양이 어미처럼
밥과 저녁과 아침을 세상으로부터 가져와
위엄과 두려움과 망설임을
먼저 가르치신 우리 어머니

오늘
어머니의 팔과 다리를 접고
눈을 감겨드릴 때야
제가 아직 다정을 다해 접을 슬픔을 남겨두었다
는 걸
알았습니다

설탕

그는 단 게 급해
설탕을 찾는다.
고등어구이에도 설탕을 친다.
섞일 수 없어 여기까지 왔다.
어제도 상을 엎었고,
그는 자신이 쓰레기라, 모든 게 쓰레기로 보여
쓰레기라 했을 뿐인데
방마다
팔들이 나와
저리 가라고 내젓는다.
설탕의 화학적 구조는
$C_{12}H_{22}O_{11}$
그의 마음은 번들번들 기름 같아서
물에 잘 녹기 위해
그는 설탕을 찾는다.
설탕 같은 마음을 가져오기 위해서
네가 사는 세상과
섞일 수 없어

여기까지 왔는데
너는 가버렸지만,
제발 내 마음에서도 나가버리길

아줌마 근데 설탕 좀 더 줄 수 없어요?

가을

쫓기는 자로서

쫓아오지만, 달아나지 않아.

달빛을 질질 끌며 쫓아오는 저것은

죽음일까.

죽어줘야, 죽음을 알 수 있다고 생각했는데

죽음은 너 자신도 모를 것이니,

우리의 회의에서 거론하지 말자고 너는 속삭이네.

잘 쫓아오라고 한 편씩

시를 뒤에 걸어둔다.

아아 세계의 창문에 걸어둔다.

쫓아와도, 달아나지 않아.

저 붉은 신호등

신호가 바뀌면 그때 달아날게.

사람

사람을 만날 때마다 그 사람과 가졌던 비밀
이 생각나 동백이 진 것도 아닌데 한 번씩은 얼굴
이 붉어졌다
눈빛 하나라도
좋고 스치는 손가락과 손가락의 느낌이라도 좋다
가끔은 나 자신에 대해서도 얼굴이 붉어졌다
자고 있는 내 얼굴을 한 번은 내려다보고 싶어졌
지만
어떤 날 밤에서라도 웃고 있을 것 같아 그 모험은
손수건처럼 접어두었다 동굴을 찾아가 이름을 버
리고
목놓아 울다 사라지고 싶지만, 앞으로 어떻게 될까
금니라도 빼서 춤추러 가고 싶은데
요즘은 춤추러 가는 사람들이 없다
어느새 긴 머리칼을 자르러 가는 사람은
헝클어진 존재를 잘라내고 혁명하러 가는 사람들
이다

가서 손톱을 소제하는 것은 당신을 기억하기 위해
서다

그걸 가끔 나는 까먹는다

체념

눈사람 옆에 혼자 서 있다가 멈춘다. 술잔을 들고 있다가 멈춘다.

신호등을 기다리다가, 기다리다가 파란불이 들어와도 잠시 멈춘다.

멈춘다는 것은 멈칫거린다는 말, 예쁜 사람을 따라가다가도 멈춘다.

바다를 배회하다가도 서서 가만히 있는다. 당신은 안 오지. 참! 서서,

사람을 생각하는 일은 절대로 우아하지 않다. 서서, 기다린 일은, 서서

기다리지 않기 위해 그랬던 일. 그러다 서서만 있게 된 일.

구름의 그림자를 밟다 멈춘다. 하나 둘 셋 이제 간다.

명태

당신을 바라보는 마음이, 내 옛 첫 마음이
아니라는 걸 알았을 때
눈물을 뚝 뚝 흘리며
복사꽃 그늘에서 바다로 걸어 내려간 일이거나
흐려진 바다 상회들의 거리를 배회하며
노가리 코다리 명태 동태 황태 북어로 따로 이름
불리며
뜯기거나, 얼리거나, 바람에 실리거나,
얼어 바닥에 내팽개쳐지는 일이거나,
가끔은 당신이 나를 바라보는 일만큼이나
횟집 수족관 유리에 비치는 것이었는데

당신이 아는 사랑을 나에게만 얘기해주길
나는 속앓이도 접고 바랐었는데

오늘은 첫 마음 같은 이름 그대로 남고 싶어
불러보는 명태

작업가자미

어물전에선 작업가자미를 작가라 부른다
머리와 지느러미, 꼬리를 자른 채 가공 공장에서
깨끗하고 맛있게 보이도록 꾸민
가자미가 작업가자미다
바다로 놀러 온 작가들과 술을 마셨다
잘 살고 예쁘기만 한 작가들이다
아름다운 작가들과 오랫동안 술을 마셨다
바다가 곁에 있어, 바다를 손에 쥔 채
쓰러지지 않았다

갈치

(저 빨랫줄에 널린 갈치는 바닷물이 마르면 뼈와 살
이 자연히 분리된다네. 세월이 마르고
　말라 당신과 내가 서로를 잃어버렸듯이)

　바다를 향해 낡아가는 냉동 창고의 천막과 함께
사람의 그리움은 그리움대로 닳고 닳아서
　속까지 다 긁혀 내버려지고 바람에 말라가는 갈
치처럼 이젠 생의 비린내도 거의 없이
　널려 있다네.

멸치

봄꽃 다 떨어지고 오월 나무들은 바다와 같이
푸르름으로 마주 서고 공중화장실 거울을 보며,
야, 이 개새끼야 스스로에게
소리 지를 때 생아. 내 젓통 내 젓통 하며 무거운
멸치젓통을
들고 뛰어다니는 거구의 일일상회 여자처럼
생아.
메가리를 담은 종이 상자를 엇박자로 매어놓은
저 탱탱한 고무줄들처럼 생아.
모든 약속들이 젓이 되어, 냄새마저 나지 않을 때
봄날의 간지러운 언약들이 다시 수만의 치어가
되는
꿈을 나는 꾸는구나 어느새 그 치어들 한 마리 한
마리
눈알들도 기억하고 있구나 생아.
고단함의 고무통에 비닐을 씌우고 하루 벌이를 주
물럭
주물럭거리는 저 여자처럼

생아. 언제 어느 곳에서

내가 당신에게서 튀어 오르는 당신 생각들을 외면
하며

방파제 등대에 기대어 서서 쓴 편지는 결코 보여
주지 않으리

바다에서 연습하기

　나는 매일 새롭게 연습한다. 일생을 같이하는 나의 구름이 지켜보고 있다는 것을 염두에 두면서, 너를 만나는 일, 그리고 집에 무사히 도착하는 일, 방파제를 두 번 걷는 일, 출근하기 위해 버스나 택시를 타는 일, 거울을 보면서도 연습한다. 만약에 있을 너와의 손잡기를, 너와 밥 먹는 일, 술 마시는 일, 또한 나는 불시에 있을 오토바이 사고와 불시에 있을 벚꽃 낙화와 불시에 있을 나의 죽음, 장례 행렬이 조금 빨리 지나가도록, 그때도 나의 구름이 보고 있을 거라는 것을 염두에 두면서, 나는 시시각각 연습한다. 네가 돌아오면, 난 이제 아무것도 이루지 않을 거야, 계속 연습만 할 거야, 이런 말투조차도

아귀

아귀의 아가리를 벌려 이빨을 관찰한 일이 있다. 지옥문 같기도 하고 방금

쇠줄톱날로 철창을 몇 개 잘라 내 탈옥한 죄수의 독방 같기도 하다. 냉동 아귀상자 속에서 오늘은

제 몸뚱아리만 한 고등어를 반쯤 삼키다 잡혀 그대로 얼어버린 아귀 한 마리가

말썽이다 장갑을 끼고 고등어를 아무리 잡아 빼려 해도 나오지 않아 죽은

아귀의 눈과 입 근육을 살피니, 아귀는 아직 잡았다!라는 결연한 눈빛과 배를 갈라

자르지 않는 이상은 포기하지 않을 듯한 드센 입매를 가졌다 칼로 아무리 후벼 파도 잘 나오지 않던

방어의 거대한 내장이 나무젓가락 하나로 쑥 밀려 나오는 것처럼 하나의 경지를 얻는

순간이 저러하리 시를 처음 써서 들고 온 딸아이의 상기된 얼굴처럼

우해에서 『우해이어보』*를 읽다

김려 선생의 옛 바다, 2백 년 전의 그 바다에 왔
어. 어떻게 왔는지, 기억이 나진 않아. 참다가 나는
다 잃었다고 말하기로 했고 하마터면 우해에서 사방
까지 잃을 뻔했어.

흰 등대와 붉은 등대.

나는 생선상자를 뜯어 아, 아, 아, 아, 하는 적어들
의 입들과 으, 으, 으, 으, 하는 조기 새끼들의 입들
과 끝끝내 입을 열지 않고 꾹 다문 채 얼어서도 죽
어서도 침묵하는 고등어와 돔 들의 비명을 보여주고
들려줬어.

선생은 옛 바다, 암컷과 수컷이 죽어도 떨어지지
않는다는 원앙어와 능어, 계도어, 도알, 양타, 표어,
노로어, 영수, 토묵 이런 물고기들을 들려줬지. 지금
은 없는 것들.

모든 사라진 것들에 향배(向拜)

* 『우해이어보(牛海異魚譜)』는 담정 김려가 1803년 유배지인 진해(오늘날의 마산 진동)에서 지은 우리나라 최초의 어보로 1814년에 정약전에 의해 저술된 『자산어보』보다 약 11년 빠른 것으로 알려졌다.

바다傳

저 바다 위 하늘에
공중의 시간과 구름에 구멍을 내어 내 팔뚝을 쑥
집어넣어
멀리 있는 그대의 손을 잡고 다시 악수할 수 있다면

가거나 떠나거나, 바다의 일은 아니라

그러니 둘이 여기까지 와서
괜히 바다에만 말 걸지 마라

4부

비 2

오래 신은 구두가 날로 헐렁해지듯이
불행도 날로 헐렁해진다
빗속에선 울 만하다
그리되려니, 그리된 것뿐
불운 또한 지나면 아무에게도 주기 싫어지니
비와 눈물 속에선
이 아줌마야
어디에서든
불행도 낡아 가죽이 터져버린다는 걸

저 바다 대교 난간 근처에
버려진 낡은 뾰족구두 한 짝

봄눈

너무 늦게 온 눈은
너무 늦게 와서, 쌓인 눈에
앉지 못하고
나는 날 걷어차버린 네게 미안해서
손가락 두 개로
V자를 만들어 보였지.

헤헤

어떡하든
사랑아, 이제 너도 없구나.

편지

바다에 밤이 오면 밤의 푸른 혀들이 파도가 되어
넘실넘실 넘어온다네 내 발목에서
　부터 시작되어 이 길고 긴 혀들은 나를 핥으며 뱃
살에서 울렁거리다 심장으로 온다네

　그러면 나는 평형감각을 잃고 스스로 조그만 배
가 되어 이 혀들을 데리고 길을 나서야
　한다네 많은 것을 내주었는데도 누명과 수모는 가
는 곳마다 따라다니니 나는 더 이상
　안내자라는 일을 버리기로 했으나, 이곳의 서기들
은 얼마 못 가 참지 못하고 새롭다
　하나 뻔한 길을 얼어 있는 동태궤짝처럼 내 발밑
에 내동댕이치더군

　살면서 죽어본 적이 일찍이 나에겐 없었다네 생의
좁은 방에 둘러앉아 있으면서도
　귀신처럼 홀로인 적도 없었다네 술병을 부레로 삼
아 바다 사내들과 바다로 나가보지만

내가 맞받아 던진 돌들이 다시 내게 돌아와 내 몸
에 새긴 푸른 멍들을 나는 쳐다보지도 않았다네

지난봄엔 기선권현망수협 앞 골목에서 하룻밤 새
백발로 변한 사내를 만났다네 그 사내는 하룻밤 새
모든 게 변했다고 오랜 세월을 잃어버렸다고 말했지
만 나는 요즈음 매일 처음 보는 손님들이 사실은 모
두 내가 아는 사람들임이 분명함을 어떡하나

다시 바다에 밤이 오면 생선들은 꽃처럼 수면 위
로 피어오르고 인간은 지리멸렬한 잠을 청하지만 잘
못 딸려 온 게들이 생선궤짝을 벗어나 공판장 골목
을 집게발을 높이 세운 채 주정뱅이처럼 돌아다닌다
네 결국엔 나도 고래를 노래하지 못하고 친구여 그
대는 나의 편지를 또다시 되돌려 보내겠지만, 뜨거
운 여름 햇살을 내가 아무리 주워 내다 버려도 소용
없듯 친구여
그대가 되돌려 보낸 나의 편지마저 나에겐 그대의

기별임을 어떡하나 다시 잘 있게

내 편지엔 도달할 주소가 없어요

내 편지를 받을 이는 있어요 하지만
내 편지가 가 닿을 주소는 없답니다

나이 사십 후반에 처음 배우는 오토바이를
타고 오토바이 선생 몰래 질주도 해봤지만

나에게 배달되는 모든 고지서엔
잘못 기록된 낯선 사내의 이름만 있어요

한여름이라 그런지
짜장면을 주문하면 짬뽕이 오고
물국수를 시키면, 콩국수가 오는 소도시에서

밤이 불러오는 항구의 입구가 매일 달라지듯
내 편지 또한 새로운 접기 방식으로 접히겠지만

이 편지를 받아주세요,라고 쓰고
아무 주소도 없이 밤하늘에 나앉았습니다

내 손으로는 도무지 만질 수 없을 당신 눈빛 같은
쪽달이 흘림 흘림으로 구름들을 낚아챕니다

요구

요구라는 도구가 있어 갈고리처럼 생겼는데, 왜 요구라고 부르는지 물었는데 자꾸

처음부터 있었다고 해. 사전에는 필요한 도구가 要具라는 거지. 이 요구로 무거운

생선궤짝을 찍어 당기면, 경험만 있음 할머니들도 거뜬히 배에서 언 선동오징어

60마리 상자를 옮기지. 이 요구는 길이가 30에서 50센티미터, 1미터 정도로 각각

다른데 그건 일꾼들마다 키와 몸이 다르니, 체형에 맞게 만든다고 해. 허리를

굽히지 않게 하기 위해서지 허리는 굽히지 말고 무릎을 굽히라고 그러는군. 그러고

보니 공판장이나 어시장에서 이 요구만큼 적절한 도구가 없더만. 이 요구로 자기 발등

이나 무릎을 한 번은 찍어야만 바다가 사람을 받아준다는군. 한번은 이 요구를 들고

바다에 바닷물을 받으러 갔어. 이 요구로 지난날을 모두 찍어버리려 했지. 그리고

누군가에게 물었어. 나는 누구냐고 나의 괴로움은
무엇이냐고. 처음부터 있었다고 해

시간들

고장 난 전등처럼 응응거리는 시간들 오래된 구식
세탁기처럼 탈탈거리는 시간들 내 어머니가 앓았었
고 내 스스로가 드문드문 앓고 있는 순가락 들 기분
마저 없는 시간들 시월의 마지막 밤에 시월의 마지
막 밤을 노래하는 가수가 있고 오토바이와 자동차
와 골목길과 그 너머에 악다구니같이 널브러진 플라
스틱 같은 시간들 게다가 바다 위에서 둥둥 떠다니
며 인간의 도구로는 건져낼 수 없는 시간들

내가 너무 오래 만지고 놀아 이제는 너덜너덜해진
당신과의 시간들

중독

　당신과의 어떤 월요일은 창틀 하나로 남고, 또한 당신과의 어떤 일요일은
　식은 커피잔의 그림자로 남아, 당신과의 어떤 방파제는 흰 등대로 서 있고
　당신과의 어떤 저녁은 한 페이지로 남았네.
　당신에게 쓴 글들은 차가운 비처럼 내리고 당신과 바라본 구름은 내 호주머니 속에
　있어 가끔 잊기도 하고 가끔 꺼내 보기도 해.

게

게 한 마리
어쩌다가 공판장 나무 상자 톱밥 속에 묻혀 있다.
갑갑해서 기어 나온 게 한 마리
어쩌다가 새벽 시장 중앙대로 한복판에 섰다.
양쪽 집게발을 높이 치켜들고
집게발을 양옆으로 넓게 벌리고
게 한 마리가 어떻게 세계를 압도할 수 있는가를
게거품을 물고 몸소 묻고 계신다.
눈알까지 부라리며, 최대한 벌리고 벌려

이만한 세상, 아아 요만한 세상 하면서

어부가 된 고양이

　어물전 간판을 어부가 된 고양이,라 써놓은 가게
가 있다. 오토바이를 타고 그 근처로 배달 다닐 때마
다 이 세상을 후려쳐 파출소 간 게 미안해서, 더 이
상 술 얻어먹기 미안해서, 헤어진 여자 곁에 사는 게
미안해서, 반월동 마산 바다 반달 하나를 팔뚝에 문
신하고 원양선 타러 간 사내가 생각났다. 나도 그 사
내에게 미안한 일이 있었다. 같이 간다고 해놓고 안
갔다.

산복도로들

자산동에서 월영동까지 산복도로 불빛들이 흘러
내려
바다로 들어갈 때 흘러내리며 무슨 짐승처럼 꾸불
텅거리는
저 어두운 길들이
지나온 모든 길들로 남겨질 때
오징어튀김집 여주인도 재고가 생기면 슬픈데
남겨진 옛일들이야

월영동 벚꽃길에 벚나무들은 하얀거에
들어가 골목 골목 무슨 무슨 가정집 같은 절들과
불상만으론 못 살아 무슨 무슨 점집들도 가려주고

속까지 더워지는 병을 비닐봉지에 담아 부둣가
에서
통발이나 바다에 던져두는 것은 그깟 장어 몇 마
리
기다리려고 한 건 아닌데

자산동에서 교방동까지 산복도로 불빛들이 말하지 못한
　문장들을 일기장처럼 감출 때
　지나가는 개를 불러서라도 길을 물어보지 못한 일도 아쉬운데
　잠처럼 쏟아지던 쓰지 못할 시들이야

바다傳 2

바다 냄새를 제대로 맡은 사람은
집에 있질 못한단다.
그 사람의 집이란 해초 밑
바다에 딸린
이름 없는 생선으로
잠만 자고 나오는 집일뿐이란다

사소한 일기

성난 바다 물결 하나를 가져와 대고
이 글을 쓴다
뾰족한 못에라도 머리를 기대고 잠시
조용히 있고 싶은 날도 있었다
내가 떠난다면, 바다가 보내는
안개의 흘림 흘림처럼 가느다란 끈 같은 게
네가 사는 도시에 흘러다닐 수도 있겠지만,

내 저 성난 바다 물결 하나는 가져가지 못하리

내 허공에 머리를 박고 잠을 청한다 한들

성과 속
—如是我聞

1 해탈

한여름엔 비린내도 얼음을 따라가야 생선살들이
뒤처지지 않는다고
　몇 번이고 말해야 알아듣겠노 고등학교 공부도
마찬가지인 기라
　생선좌판에 앉아 장모님은 문득 깨달음을 얻은
뒤 외손주에게 일갈!

2 고양이 僧

길고양이 한 마리 부둣가 파라솔 장어구이집으로
오더니, 왼쪽 자리부터
　오른쪽까지 술자리마다 탁발을 한다 냐옹 냐옹
이십 분쯤 한 손님을
　찍어 의자 옆에 애완고양이처럼 앉아 있다가, 쳐
다도 안 보면 옆 술자리로

간다 고양이의 탁발은 냐옹 냐옹 냐옹이다 어쩌다 장어구이 한 점 얻어
　먹으면, 뜨거운지 주둥이를 떨며 가르릉거린다

3 비둘기 僧

　비둘기들은 아예 도매인 상회를 한 바퀴 돈다 이때 날갯짓은 금물인 듯.
　이집 저집 걸어다닌다. 마치 외상값을 던져주고 가는 갈치 파는 할머니 같다.
　허리가 굽은 채 의기양양한 할머니. 그래도 파시에만 그러니, 지켜볼 수밖에.
　고양이완 달리 거침없이 들어가서 떨어진 오징어채나 자숙 바지락 살들을 노린다.
　절단된 꽁치나 갈치 대가리 들은 쳐다보지 않는다

4 장사 바닥

벌거벗고 와도 살 수 있는 게 시장이다 저 얼음 장
수를 봐라 이젠 제법 말도 하고

오토바이도 잘 타지 않나. 처음엔 기어 왔더랬다
파리채 장수 토시 장수 종이포대 장수

비닐 장수 명태전 장수 저 리어카 장수들을 봐라
장사란 눈이 먼저 와야 하고 그

다음엔 손이 들어야 하는 법이다 상인이란 눈이
먼저 나가야 하고 손을 잡고 놓아주지

않아야 하는 법이다 맨날 고함이고 싸우는 거 같
제. 아이다. 서로 좋아서 그러는 기다.

장모님의 어록이시다 나는 이와 같이 들었다 아직
철 안 든 수보리야 성 서방아

당신의 입구

물결이 물결을 밀어내어 물의 흐름을 쌓고 쌓아
서, 해안은
　이리도 가고 저기에서도 오고 있으니, 상인은 바
다를 보고 서기는
　바다를 기록할 수밖에, 자꾸만 밀려드는 당신의
　걸음이 어디에서 딱 멈추는가를, 나는 결코 미치
지 않는 사내로
　남아 당신을 기다리고, 바람이 비를 데리고 가서
　웅덩이마다 항아리마다 당신의 눈두덩에도
　가득 물을 채워 넣으니, 울기 싫어. 당신은 눈망울
에 눈물을 가득
　채운 채로 어두워져가고 늙어가네.
　한번 간 배 오지 말기를. 나무로든 철로든, 연금술
로든 항구를 떠나는
　배들은 스스로 먼저 젖어야 바다를 만날 수 있음을

　배 떠나네—
　배 가네—

알면 뭐하겠니

 장마란다. 하늘에서 금방이라도 청어 떼들이 쏟아
질 것 같아
 바다를 막아 지키고 있는 건 거대한 창고들이지.
떼거리 생 앞에서
 결계를 치고 있는 게 또 창고 속 떼거리 죽음이
라니,
 냉동 창고에 창문을 달듯 생을 허비해
 선창 주점들이 반딧불이처럼 은은하고 여전한 생
각들을
 밤바다에 흘려보내며, 유람선에 오르는 이들과
 관능도 없이 유혹도 없는 세월
 장마란다. 아귀 장어 가오리 주꾸미가 안 팔리면
 갈치 고등어 적어 참조기로 바꿔 놓는 게 좌판의
생이라면
 책들이 자꾸 쏟아지는데도 밤의 시립 도서관에
책이 별로 없다는 것
 그것이 우리의 미래. 알면 뭐하겠니?
 별들은 뜨나 별들은 내리지 않았던 날들이 거의

대부분

　어두운 가게들이 입을 벌리고 있는 바다에서 매일
만나

　눈인사를 주고받지만 우리가 서로 알면 뭐하겠니.

　벗고 보면 볼품없는 몸이지만, 가끔 삐져나온

　속옷들만 서로 쳐다볼 뿐

도마 소리

된장은 끓고
양파를 써는지, 조개를 바르는지, 마늘을 빻는지
아득한 도마 소리
아닌 듯 들려와

그 도마 소리 들은 지 오래
정신병원 요양병원 십수 년 창가에만 있다가
결국은

울 엄마

괜안타 괜안타

그 도마 소리 참 깨끗하고 맑은 소리

다시 들려와

그 소리 들리는 꿈에서

한 백 년은 깨어나지 않는 꿈을 꾸었네

집 밖에는 봄꽃이 모두 몸 달아 달리고 있었네

꽃과 생선

아카시아 꽃이 피면 꽁치가 온다고 했다. 유자망
들이 물살의 흐름을 따라 바다를 거둬 가면 아카시
아 꽃 피듯 꽁치의 입들이 그물에 핀다고 했다 아카
시아 비린내가 꽁치의 비린내를 기다리는 게지 당신
을 만나면 당신 생의 비린내를 끌어당겨 밤새도록
당신의 입술을

빨고 싶었는데 만나서 만져야 사랑이었는데, 바라
보면 당신은 사라지고 없었다 바다가 길러 연근해
배들이 보내주었는데도 봄꽁치는 늘 꿈으로 먹는 것
만 같았다 산이 길러 다시 피게 하였는데 한 번 폭
우에 아카시아 흰 꽃들도 사태져 내리는 게 사람으
로서 미안했다 당신은 여전히 사라졌다 사라지고 있
었다 수직으로 선 유자망 밤의 그물들이 도처에 흘
러다녔다

아카시아 꽃이 피면 꽁치가 온다고 했다

5부

혀

부끄럽다 남보다 많은 월급을 타기 위해
남의 혀가 되어 산 날이 많았다.
퇴근 후엔 성안에 있는 사무실을 빠져나와
외투를 입고 외투 깃을 세우고 눈 내리는
음습한 밤거리를 걸었지. 담배였던가.
그때 내가 떨어뜨리며, 간 것이, 담배뿐이었던가.
버석거렸던 희디흰 밑바닥 슬픔은 왜 끈질기게 따
라왔던가.
내 혀로
나는 이제 말하고 싶다.
기차가 도착하자, 바다였다.

그때는 사랑한다 말 못 했다고

퍼스트 펭귄

천적들이 있을지도 모를 얼음 바다를 향해 처음으로 뛰어드는 펭귄 한 마리 보다가

처음,이라는 그 처녀지를 발음해보다가, 처음으로 뛰어든 공장과 사무실과 처음으로

걷던 대학로와 자유로와 산호동 길들을 다시 복기해보다가, 어쩌면, 물정 모르는

당신하고 똑같을까, 어쩌면, 여자는 나를 퍼스트 펭귄으로 몰아가고 싶었을까. 뛰어내렸으나, 휩쓸려 무리랑 헤어져버린, 사내 하나가 어쨌든 황량한 폐허에 처음으로 다녀온

애기를 들려주곤 수십 년 만에 만난 옛 여자에게 당신에게 남은 당신의 처음은 무엇이 있지?

그걸 나에게 주면 되겠네. 하다가 집에 돌아와 켠 텔레비전 재방송에서 다시 퍼스트 펭귄을

바라보다가, 세상의 수많은 퍼스트 펭귄들을 생각하다가

어쩌지?

거리에 붐비는 당신과의 처음들을

글쎄, 어쩌지?

눈 뜨고 뛰어내리는 저 퍼스트 펭귄을

사랑

나는 너와 불편해지기 위하여, 결국은 불편해지기 마련인 사랑을 위하여

너를 만나러 가는데, 너는 불편해지기 싫어서, 늘 편안한 상태로 있고

싶어서 나를 만나고, 나를 만나지 않고, 그런 날들을 보내고,

나는 너와 헤어지기 위하여, 결국은 헤어지기 마련인 사랑을 위하여

너를 구두 뒷굽이 다 닳도록 생각하고 생각하여서, 너를 생각하는데,

너는 헤어지기 싫어서 숨이 막혀서, 숨이 쉬어지지 않아서, 도망가고 도망하여서,

어느 가파른 비탈길에 숨어 나오지 않고

나는 너와 아프기 위하여, 결국은 아파서 떠나기 위하여 너를 보내러

가고, 보내러 가는데, 너는 웃기 위해서, 외로우나,

인형처럼 늘 웃기
　위해서 나를 보내러 오네.

고통

성(城)에서 데리고 온 나의 개와 함께 옛날엔 홀려 밤새
걸어 다녔지만, 지금은 다시 홀려 그냥 스친다. 다 보았다고 생각했는데
다시 낯설어진 아침 바다

조금 더 날이 가면 내 잠재운 긍지까지 상자를 뜯어 보여줄 수도 있어

홀리지 않고, 나는 나를 견딜 수 없어 아무런 대상도 없이
내 어떤 살부터 찢어 너에게 보여줄까, 한들
나밖에는 볼 수 없는 나의 피가 뱃전에 흥건할 것이다.

날 다 아는 체하지 마라. 결국엔 감기 걸린다. 너!
하며 나를 데리고 갈 이도
나뿐인 것을.

세월 참 빨리도 와서, 목구멍으론 안 넘어가.

딸딸이*라 불리우는 이것

내 영혼의 책상 위에 있던 방명록이 치워져버렸군
뜨거운 날씨 탓인가

가을이 와도 아무도 와서 이름을 적지 않겠군 누
가 날 뜯어보고 버렸을까

내가 다시 실어 날라야 할 나의 생선상자들에게
두 평 정도의 그늘을 준다 한들

당신의 고통조차 열네 박스의 생선상자 위에 얹어
둔다 한들 그리고

그 딸딸이 위에 두 손을 얹고 고개를 떨구고 나도
잠시 쉰다 한들

그 무엇인가가 나를 밀어 싣고 갈 리야 그 무엇인
가가 한 번이라도 얼굴을 보여줄 리야

* 생선상자를 나르는 쇠수레.

124

저녁

나이가 드니 내가 쓴 편지 글씨들도 겹쳐 보인다.
벌레인 듯 기어 다닌다.
바르게
고쳐 쓸 수도 없다.
나는 어디로 가고 있는 것일까.

저녁이 오면 오른쪽 다리를 왼쪽 허벅지에 올리고
왼쪽 다리를 오른쪽 다리 밑으로 구겨 넣은 뒤
생각한다.

자기 밀밭을 가진 빵쟁이처럼, 약간은 오만하게

생각하자 생각하자
반가사유의 자세로는 절대 똥을 눌 수 없으니

닻을 내린 배

나는 아무것도 아니었으나, 나의 배는 저 먼바다
에 떠 있네.

일한 값을 받지 못한 나의 선원들이 몇 타고 있었
지만,

녹슨 갑판이며, 찢어진 저인망 그물들은 아무도
거들떠보지 않았다네.

닻을 닦아 가을 올 때 피는 닻꽃 한 송이를 꺾어
바다에 던져두고

나는 부두에서 일용 노동자로 일하고 있다네.

나는 아무것도 아니었으나, 나의 배는 한때 더럽
혀진 영토를

떠나, 돛을 높이 올려 조롱과 참담한 시절을 건너
바다로, 바다로

나아갔다네.

나는 그 무엇도 되고 싶지 않았으나, 깃발에 부푼
나의 배,

그 배는 홀로 거침없이 가는 배로 알려졌다네.

더러운 계절이 오고 가고 한때 배를 잃어버렸을 때

나는 나에게서 그 무엇도 남기고 싶지 않았으나,
나에게서 갓 낳은 애기 웃음과 노모와의 저녁 식
사, 딸아이의 전화를
받아내기 위해 아아, 항구에 들어오지 못한 채 먼
바다 물결에
점을 찍듯 닻을 내린 선원들
나, 비로소 그 물결에 다시 나아갈 때까지
부두 노동자로 일하고 있다네. 제법 어울린다고
누군가 손을 들어 맞받아쳐주었네.
닻을 내린 저 배야
세상에서의 향유(享有)란 어려운 법
다 와서 격렬하게 흔들리는 생이네.

닻은 내렸으나,
바람과 물결에 맡긴 나의 배
바람 불어라.
나 지긋이 눈 감고 다시 물 위에 섰으니,

숙박

누가 내 숙박부를 뒤적였는지
붉은 등대 밑바닥이 붉었다.
자고 일어나면 내 꿈은 깨어진 것이 아니라
깨어난 것일 뿐이라, 자위하고
깨어나면 당신은 어디에 있을까, 생각하던
바다에서의 노숙 一泊.

그 밤 누가 나를 다 뒤져보았는지,
내 와이셔츠에 당신의 운동화 발자국이 찍혔고
그 발자국을 건드리자, 새로 슬픔이 기어 나왔다.

죽음

1

죽음을 말한다는 것은 블랙유머다. 노을이 구천
(九天)으로 깨어져

다시 속을 뒤집는다 해도 우리는 스스로 발광하
는 눈으로 세상을 본다.

다만, 누군가가 닫힌 책을 열 때, 강물은 한 번 두
번 세 번 빛난다.

2

그러므로 나는 아무것도 걱정하지 않는다 물방울
튀는 저 꽃잎이

헛것이라 하더라도 이 몸 일체가 썩는다 하더라도
수천 년을 살아온

이 나,라는 인식은 사라지지 않을 것이므로 다시
열일곱이 되어

이 별을 딛고 크게 울어 보일 것이므로

체험의 강도와 실험의 밀도

오형엽

1. 체험과 실험

성윤석의 시적 무대는 '극장'에서 출발하여 '묘지'를 거쳐 '바다'에 도달한다. 첫 시집 『극장이 너무 많은 우리 동네』(문학과지성사, 1996)에서 영화를 상영하는 '극장'을 무대로 삼았던 성윤석은, 두번째 시집 『공중 묘지』(민음사, 2007)에서 시체를 쓰레기처럼 버리는 공동'묘지'를 무대로 삼아 시적 상상력을 펼쳤다. 이후 시인은 부둣가 선창과 수협 공판장이 있는 '바다'로 가서 그 생활의 체험을 시화하여 세번째 시집 『멍게』를 선보인다.

첫 시집의 공간인 '극장'은 도시적 문화의 속성인 복제와 합성, 기호와 코드와 매체를 대표하는 '영화'

를 통해 표상되었고, 두번째 시집의 공간인 '묘지'는 자연적 생태의 한 극단인 소멸과 죽음을 대표하는 '시체'를 통해 표상되었다. 도시적 문화와 자연적 생태 사이의 거리는 삶과 죽음, 문화와 자연, 욕망과 공허, 환상과 환멸 사이의 거리만큼이나 멀어서, 이 두 시집은 상호 양극단에 위치하고 있는 듯이 보인다. 반면 이번 시집의 공간인 '바다'는 자연적 생태의 한 속성인 생명과 직업적 생활의 속성인 노동 및 장사를 대표하는 '수산물'을 통해 표상된다. 이 시집에는 시집 제목인 '멍게'뿐만 아니라 '고등어' '해삼' '장어' '해파리' '오징어' '문어' 등의 수산물들이 시적 대상으로서 무수히 등장한다. 이들은 모두 바다 생물로서 생명체라는 의미와 그것을 잡아서 파는 직업적 노동 및 상업의 대상이라는 의미가 중첩되어 있다. 따라서 생명과 노동의 현장으로 제시되는 '바다'라는 시적 무대는 첫 시집의 무대인 '극장'과 두번째 시집의 무대인 '무덤'이라는 양극단과 거리를 두면서 제3의 공간을 마련하는 듯이 보인다.

이처럼 세 시집의 시적 무대는 상이하지만, '극장' '묘지' '바다' 등이 그 자체의 공간으로 존재하는 동시에 시적 스크린의 기능을 담당하면서 상징이나 알레고리 등의 장치를 작동시킨다는 점에서 공통점을 보여준다. 성윤석의 이번 시집은 자신의 '바다 체험' 및

'사랑 체험'을 시적으로 형상화하기 위해 상징이나 알레고리 등에서 중요한 시도들을 보여준다는 점이 주목된다. 그리고 이번 시집이 보여주는 또 하나의 중요한 형식 실험으로 리듬과 어조의 변주를 들 수 있다. 따라서 이 글은 성윤석 시에 나타난 생의 체험으로서 '바다 체험'과 '사랑 체험'을 주목하고, 그 체험이 시적으로 형상화된 형식으로서 '상징 및 알레고리의 실험'과 '리듬 및 어조의 실험'을 살펴보고자 한다.

2. 상징과 알레고리의 실험

이번 시집에 나타나는 상징과 알레고리의 다양한 실험들을 살펴보자. 첫째는 가장 기본적인 형태로서 이미지를 통해 다른 대상이나 더 본질적인 의미를 표현하는 상징의 기법이다.

> 雲井驛에 와 나는 사라져버린 우물을 생각한다.
> 우물은 구름이 되어 하늘에 떠 있다.
> 바람이 데려가버린 우물.
> 그 바람을 눈에 새겨 먼저 가버린 이를 나는 안다.
> 식솔들이 뒤 따라가
> 노잣돈을 녹슨 문고리에 걸어두었으나

그는 구름이 된 듯

내 어깨 위만 오른다.

바람 속에서 누군가를 위한 문장을 완성할 수 있지만,

아무것도 말할 수 없는 세월이 오고 있다.

지난 일이란, 내 연못을 내어주었으나,

바람 부는 하천변 어두운 구멍으로 돌려받는 일.

市井에 네 연못을 내어주지 마라.

바람 부는 날 네가 앉을 물가 또한 없으리니.

　　　　　　　　　　　　　　──「바람의 문장」 부분

　이 시는 전체적으로 "우물" "구름" "바람"이라는 핵심적 상징들을 중심으로 전개된다. "우물"과 "구름"은 '물'의 이미지를 중심으로 변전되는 상징이고, "바람"은 이 변전을 가능케 하는 동력의 상징이다. 시적 화자는 추억이 갖는 아둔함과 어리석음에 대해 회한을 느끼면서 "운정역(雲井驛)"에서 "사라져버린 우물"을 떠올린다. "그 바람을 눈에 새겨 먼저 가버린 이"는 일찍 죽은 가족을 암시하는 듯하다. 그래서 이 시에서 "우물"은 생명을 상징하고 "구름"은 그 실체의 사라짐으로서 죽음과 공허를 상징하며, "바람"은 이러한 변전을 가져오는 시간을 상징한다고 볼 수 있다. "바람 속에서 누군가를 위한 문장을 완성"하는 일은 세월을 견디는 기억의 힘으로 언어화하는 작업, 더 나

아가서 시를 쓰는 작업이지만, "아무것도 말할 수 없
는 세월"은 그 작업의 무능함이나 불가능성을 낳는
운명의 힘을 암시한다. 후반부의 문장은 "연못"-"바
람"-"어두운 구멍"의 상징을 통해 "우물"-"바
람"-"구름"이라는 핵심적 상징을 변주하면서 기억의
힘을 무화시키는 운명의 힘에 대해 강조하고 있다.

곤히 자느라 땀에 전 귀밑머리 아이 둘이 검은 바다
미역이 밀려들듯
다가오는 밤을 뒤적이고 있는 새벽을

새벽을 등지고 언젠가 데리고 놀러 갔던 천문대 망원
경에서 손바닥에 받아 온 달 하나를

창가에 걸어두고

철제 대문은 오늘도 내 등 뒤에서 철컹 다시 한 번
철컹
　　　　　　　　　　　　　　─「바다로 출근」 전문

인용된 시는 기본적인 상징 기법을 이중의 연쇄적
대구와 결합시키면서 입체적 구도를 형성하고 있다.
이 시는 전체적으로 1연과 2연의 대비, 2연과 4연의 대비를 근간으로 구성된다. 1연과 2연의 대비는 "새벽"이 연쇄적 고리를 형성하고, 2연과 4연의 대비는 3연인 "창가에 걸어 두고"가 연쇄적 고리를 형성한다. 그래서 1연과 2연의 대비는 "밤"과 "달"이라는 상징이 핵심적 역할을 담당하고, 2연과 4연의 대비는 "달"과 "철제 대문"이라는 상징이 핵심적 역할을 담당한다. "곤히 자"는 "아이 둘"에게 "다가오는 밤"과 "천문대 망원경에서 손바닥에 받아 온 달"을 선명히 대비시키는 연결 고리가 "새벽"이고, 이 "달"과 "내 등 뒤에서 철컹"하는 "철제 대문"을 선명히 대비시키는 연결 고리가 "창가"이므로, "새벽"과 "창가" 또한 핵심적 상징으로서 작용하고 있다. 따라서 이 시는 기본적인 상징 기법을 이중의 연쇄적 대구와 결합시키는 중층적인 구조를 통해 "밤" "달" "철제 대문" "새벽" "창가" 등 다섯 개의 상징이 상호 복합적인 연관을 이루는 작품이다.

둘째는 시적 대상들 사이의 동일시, 혹은 유비를 통한 상징이나 알레고리의 기법이다.

마산수협공판장 1판장
상어가 누워 있다.
오징어 5백 상자 사이에서 상어가 누워 있다.
상어는 가끔 오랫동안 굶는다.

굶어 상어는 상어
눈을 갖는다.
이놈도 오래 먹이를 먹지 않았네.
상어 한 마리가 누워 있다.
같잖은 수만 마리의 오징어상자 사이에서
쳇, 하는 입모양으로 누워 있다.
나도 쳇, 하는 표정으로 가고 싶다.
상어는
질주로 세상을 가른다.
작은 놈은 먹어치운다.
가을 추석 대목이 가까워지자,
상어 눈을 한 사내들이
돌아온다.
오래 굶은 사내들이다.
이들이 할 수 있는 건
다른 이의 짐을 싣고 질주하는 것뿐이다.
이들도 가끔 오래 밥을 먹지 않고
술만 마신다.
가끔 상어 이빨을 드러내고
닥치는 대로 일행들을 물어뜯는다.
사람도 굶어, 다시 떠날 힘을 얻는다.

—「상어」부분

1행 "마산수협공판장 1판장"은 이 시가 구체적인 삶의 현장에서 체험되고 산출된 작품임을 보여준다. 시적 대상인 "상어"는 "오랫동안 굶"어서 "상어/눈을 갖"고, "쳇, 하는 입모양으로 누워 있"다. 그리고 "질주로 세상을 가"르며 "작은 놈은 먹어치운"다. 화자는 시적 대상에 대한 관찰에 이어 그 모습을 자신과 동일시하고, 다시 사내들과 등치시키는 유비를 시도한다. "나도 쳇, 하는 표정으로 가고 싶다"라는 문장은 화자가 자신을 "상어"와 동일시하면서 세상을 경멸하고 냉소하는 고고(孤高)한 태도를 지향함을 보여준다. "가을 추석 대목"에 "돌아"오는 "사내들"은 "오래 굶"어서 "상어 눈"을 하고 있다. 이들은 상어처럼 "다른 이의 짐을 싣고 질주하"고, "오래 밥을 먹지 않고/술만 마"시며, "닥치는 대로 일행들을 물어뜯는"다. "사람도 굶어, 다시 떠날 힘을 얻는다"라는 문장은 '굶음'과 '힘' 사이의 대립과 간격을 한자리에 충돌시키며 시적 주제를 표출하고 있다. 시인은 세상을 내려다보는 상어의 오만한 자세와 굶음에서 생겨나는 힘을 삶의 추동력 및 시적 추동력으로 받아들이려 하는 것이다.

셋째는 시점 변화를 통해 시도되는 열린 상징이나 알레고리의 기법이다.

멍게는 다 자라면 스스로 자신의 뇌를 소화시켜버린

다. 어물전에선

　머리 따윈 필요 없어. 중도매인 박 씨는 견습인 내 안
경을 가리키고

　나는 바다를 마시고 바다를 버리는 멍게의 입수공과
출수공을 이리저리

　살펴보는데, 지난 일이여. 나를 가만두지 말길. 거대
한 입들이여.

　허나 지금은 조용하길. 일몰인 지금은

　좌판에 앉아 멍게를 파는 여자가 고무장갑을 벗고
저녁 노을을

　손바닥에 가만히 받아보는 시간

―「멍게」 전문

　이 시는 비교적 짧은 작품이지만, 1~2행(전반부),
3~4행(중반부), 5~7행(후반부)로 구분되면서 시점
의 변화를 동반한다. 전반부에서 화자는 시적 대상
인 "멍게"와 자신을 견주어 비교하는 유비를 시도하
지만, 중반부에서 "멍게"의 모습을 자신과의 관계를
통해 진술하고, 후반부에서는 다시 "멍게"를 "멍게를
파는 여자"와의 관계 속에서 진술하는 변주를 보여준
다. 1~2행에서 화자가 "멍게는 다 자라면 스스로 자
신의 뇌를 소화시켜버린다"라는 사실을 진술한 후,
"중도매인 박 씨"가 "내 안경을 가리키"며 "어물전에

선/머리 따윈 필요 없"다고 말할 때, "멍게"와 화자
사이에는 유비가 형성된다. 어물전에서 장사를 하는
데 고차원의 두뇌를 사용할 필요가 없다는 시적 전
언은, 견습 어물전 상인인 화자의 난처한 상황을 암시
한다.

　이러한 딜레마에 처한 화자는 3~4행에서 "바다를
마시고 바다를 버리는 멍게의 입수공과 출수공"을 관
찰하면서, 그것을 자신이 아니라 "지난 일", 혹은 "거
대한 입들"과 등치시킨다. 즉 과거의 사건들을 일종의
대타자로 설정하고 그 "거대한 입들"이 자신을 마시
고 버리는 상황을 연상하는 것이다. 이때 "멍게"와 화
자는 동일시나 유비의 관계가 아니라 주종관계로 변
모하면서 알레고리를 형성하여 더 큰 테두리로 확장
된다. 그런데 5~7행에서는 "좌판에 앉아 멍게를 파
는 여자"를 제시함으로써, "멍게"를 다시 객관화시켜
알레고리적 상황으로부터 탈피한다. "허나 지금은 조
용하길"이라는 문장이 그 전환을 인도하는데, 이처럼
「멍게」는 "나" "멍게" "지난 일" "멍게를 파는 여자"
등의 관계를 다중화하는 시점 변화를 시도하여 알레
고리를 형성한 후 다시 알레고리에서 빠져나오는 변형
된 기법을 구사하는 것이다.

　넷째는 유머와 해학을 동반한 환상적 상징이나 알
레고리의 기법이다.

바다로 가기 위해 가진 모든 책을 버렸네
더 이상 나아갈 수 없는 곳으로 가기 위하여
수천의 문장을
버리는데 육조 혜능이 게송을 들려주고 굴원이
리어카를 밀어주었네
〔……〕
나 이 바다로 오기 위하여 책을 버렸네
더 이상 숨을 수 없는 곳으로 가기 위하여
수천의 시들을 버리는데
휠덜린이 요양 병원 창가에서 내다보고
김소월이 자신의 시「비단안개」에 누가 곡을
붙였다며, 불법 테이프를 건네주었네
나 책 한 권 가진 게 이제 없다네 이 장례식엔
아무도 조문 오지 않고 킬킬 빨간딱지를 가지고 온
집달리만 도대체 책들을 어디다 버렸냐고
고함을 지르고 있다네
—「책의 장례식」 부분

이 시는 다양한 개별 상징들이 종합되어 전체적으
로 환상적 상징 혹은 알레고리의 양상을 보여준다. 화
자는 "바다로 가기 위해 가진 모든 책을 버렸"다고 말
한다. "바다"는 원초적 생명, 혹은 직업적 생활의 현

장이라는 의미를 가진 직접 체험의 상징이고, "책"은 종이와 문자를 매개로 이루어지는 간접 체험의 상징이다. 화자가 이를 위해 "수천의 문장을/버"릴 때 "육조 혜능이 게송을 들려주고 굴원이/리어카를 밀어주"는 장면은 아이러니컬하기도 하고 유머스럽기도 하다. "책"과 "문장"을 만든 주체인 "육조 혜능"과 "굴원"이 책을 버리는 화자의 작업을 도와주고 있기 때문이다. 이들은 "책"과 "문장"을 만들었지만, 그 물질적 테두리를 벗어나 자유로운 정신적 차원으로 나아간 인물들이기에 이러한 상징이나 알레고리가 가능할 것이다. 화자는 바다로 가기 위해 책을 버리는 자신의 행위를 "육조 혜능"과 "굴원"의 행위와 동일시하고 있으며, 이러한 차원에서 이 표현은 유머와 해학을 동반한 환상적 상징이나 알레고리의 차원을 획득한다.

후반부에서 화자는 "이 바다로 오기 위하여 책을 버렸"다고 말한다. 전반부가 과거적 관점에서 행위를 진술한다면, 후반부는 현재적 관점에서 행위를 진술한다. "더 이상 숨을 수 없는 곳"이란 삶의 현실과 정면으로 만나는 곳이라는 의미인데, 이를 위해 화자는 "수천의 시들을 버"린다. "수천의 시들"은 일차적으로 화자가 소장한 "책"으로서 시집을 의미하지만, 자신이 과거에 쓴 시들까지 포함될 수 있을 것이다. 화자는 삶의 현실 혹은 현장인 "바다"로 오기 위해 "책"과

"문장"을 버리고 "시"까지 버린다. 이러한 차원에서 이번 시집에 수록된 시들은 성윤석이 책과 문장, 그리고 이전의 시까지 모두 버린 상태에서 삶의 절실한 체험을 통해 길어 올린 새로운 작품들이라고 볼 수 있다. 이때 "휠덜린이 요양 병원 창가에서 내다보고" "김소월이 자신의 시 「비단안개」에 누가 곡을/붙였다며, 불법 테이프를 건네주"는 장면도 유머와 해학을 동반한 환상적 상징이나 알레고리의 차원을 획득한다. "빨간딱지를 가지고 온/집달리"가 보여주는 "킬킬"이라는 의성어 혹은 의태어는 그 해학적 특성을 재확인시켜준다.

3. 리듬과 어조의 실험

이번 시집에 나타나는 리듬과 어조의 다양한 실험들을 살펴보자. 첫째는 가장 기본적인 형태로서 음운, 음절이나 단어의 반복을 통한 회기(回起, recurrence)의 리듬 기법이다.

  갈라지고, 부딪치고, 으깨어지며
  애틋함을 알게 되자마자, 당신과 내가
  서로 무서워져버린

밤의 산책길 그 길에 쓴 편지는
내 고단이 어제보다 우아해진 달에 가 앉아 있다고

사랑이란, 억새들이 흰 흐느낌으로 흩날릴 때
흩날리면 지는 것이어서

늘 바람이 실어가는 당신 생각
실어가네
기약 없는 날에 떠넘기네
당신 생각

　　　　　　　　　　　　—「밤의 산책」 부분

　인용된 시에서 화자는 "밤의 산책길"에서 "당신"
으로 인해 상념에 빠진다. 인용되지 않은 1~2연에서
"밤의 막"이 "어떤 것을 붙들고" "펄럭이"는 것과, "밤
이 길러온 개"처럼 "어둠"이 "곳곳을/쏘다니"는 것은
"당신과 내가/서로 무서워져버린" 상황에 기인한다.
이 상황은 "갈라지고, 부딪치고, 으깨어지며/애틋함
을 알게 되"듯이, 갈등과 애정이 교차하는 "당신"과
'나'의 관계를 의미한다. "밤의 산책길"에 "당신 생각"
에 잠긴 화자는 편지에 "고단이 어제보다 우아해진
달에 가 앉아 있다"고 쓴다. "어제"의 "고단"한 현실이

오늘 이미 "우아해진 달"에 도달해 있다고 진술한 이후, 화자는 후반부인 5~6연에서 어떤 흐름에 생각을 맡긴다. 시인은 "흰 흐느낌으로 흩날릴 때/흩날리면"에서 'ㅎ' 음과 '흩날린다'라는 동사를 반복하여 회기의 리듬을 만들고, "실어가는 당신 생각/실어가네"에서 'ㅅ' 음과 '실어간다'는 동사를 반복하여 회기의 리듬을 만든다. 특정 음운과 단어의 반복을 통해 억새들의 흐느낌, 사랑의 흩날림, 바람이 실어가는 당신 생각의 유동성 등을 효과적으로 표현하는 것이다.

당신에게 준 내 마음을 당신에게서 돌려받아
얼리고 얼렸더니, 그 언 살들은 얼음 창고 구석에
처박혀 아무리 찾아봐도 보이지 않고

다시 당신의 바다에 흘려, 흘려보낸 내 유자망
그물엔 아무것도 걸리지 않아,

나는 마시네.
대구리배들만 선창에 오고 가고
마시네.

등 터져라. 내가 보고 있는 당신의 등.
고래는커녕, 흥!

내가 고래다. 훙!

──「고래는커녕,」전문

　인용된 시는 전체적으로 '1연(기)─2연(승)─3연
(전)─4연(결)'의 구성을 보여준다. 이 구성에 따른 핵
심적인 시상 전개는 '얼림─흘려보냄─마심─훙!'으로
요약될 수 있을 것이다. 이 시에도 음운, 음절이나 단
어의 반복을 통한 회기의 리듬 기법이 활용되고 있다.
1연의 2행에서 '얼다'라는 기본 동사가 "얼리" "얼렸"
"언" "얼음" 등으로 변주되면서 '어'라는 음운이나
'얼'이라는 음절이 반복된다. 이 반복으로 인해 "당신
에게서 돌려받"은 "내 마음"의 고통의 강도와 그것을
이겨내려는 의지의 강도를 동시에 표현한다. 그리고 2
연의 1행에서 "흘려"라는 단어의 반복은 "당신"을 향
한 "내 마음"의 한결같은 지속성을 강조하고 있다.
　한편 3연에서 "마시네"라는 단어의 반복을 통한 회
기의 리듬은 "당신"을 향한 "내 마음"의 지속성에도
불구하고 "그물엔 아무것도 걸리지 않"는 응답 없음
에 대한 반응이다. "대구리배들만 선창에 오고 가고"
라는 문장을 사이에 두고 반복되는 "마시네"는, "내
마음"의 간절한 소망과 그 좌절의 강도를 적실히 표현
해준다. 이 시의 묘미는 '1연(기)─2연(승)─3연(전)'
으로 이어지는 시상 전개가 '4연(결)'에서 어떤 돌발적

인 역설과 유머를 표출하는 데 있다. 4연은 응답 없는 "당신"의 태도를 "당신의 등"으로 표현하고, 이 "등"에서 '고래 싸움에 새우 등 터진다'라는 속담을 연상하는 것으로 보인다. 그리고 화자는 자신을 '고래'로 상정하고 "당신"을 새우로 간주하여 "등 터져라"라는 역설적 표현을 시도한다. 여기에 "당신"에 대한 원망과 애증이 복합적으로 표현되는데, "고래는커녕, 홍!/내가 고래다. 홍!"에서 "홍!"이라는 음절의 반복은 자애와 자존이 변형된 형태로서 유머와 해학의 차원에 진입한 화자의 정념을 보여준다.

둘째는 구절이나 문장이 반복되거나 변주되는 리듬의 기법이다.

햇빛이 있었다
내 머릿속에 덩그러니 앉아
아직도 잠들지 못하는 여자
(잠 못 잔 여자의 눈썹엔 언제나 어제의 달이 손톱
으로 맺혀 있지)
(잠 못 잔 여자의 손톱)
잠이 안 오는 여자
바다를 보여줘도
도무지 잠을 잊어버린 채
잠이 없는 여자

햇빛이 있었다.
잠 못 잔 여자의 우산과 창틀과
스카프와
립스틱이 있었다.
오늘도
내 스웨터 소매에 목걸이를
걸어두고
내 심정에서 진주가 아닌 돌이 되려는 여자
　　　　　　　　　　　　　　　　—「공원」 전문

　이 시는 음절, 어절 등의 반복이 빈번히 나타나지
만, 특히 "햇빛이 있었다"라는 문장이 2회 반복되고,
"잠 못 잔 여자"라는 구절이 3회 반복되면서 다양한
변주를 동반하는 리듬 구조를 보여준다. 이 시의 근
간을 이루는 것은 2~3행, "내 머릿속에 덩그러니 앉
아/아직도 잠들지 못하는 여자"라는 문장이다. 이 문
장은 시적 화자가 여자를 생각하며 잠 못 드는 상황
을 반어적으로 표현한 것이다. "햇빛이 있었다"라는
문장은 과거의 경험을 반복적으로 재생하는 스크린
의 도입 장면이 되고, "여자"-"눈썹"-"달"-"손톱"으
로 이어지는 환유의 고리는 "어제", 즉 과거를 회상하
는 핵심적 상징을 형성한다. 후반부에 제시되는 "우산
과 창틀과/스카프와/립스틱"도 "여자"의 환유로서

등장하며 기억의 매개체로 작동하고 있다. 이 시 전체에서 "잠들지 못하는 여자"-"잠 못 잔 여자"-"잠이 안 오는 여자"-"잠이 없는 여자"로 변주되는 양상은, 화자나 "여자"의 잠 못 이루는 시간의 경과와 그 심리적 굴곡을 효과적으로 표현한다.

셋째는 의도적 행갈이(앙장브망enjambement)를 통해 의미상의 연결과 호흡상의 단절이 충돌하면서 얻어지는 리듬의 기법이다.

그 눈빛 그물에 걸리기를 기다렸지. 어시장 리어카 꽃장수에게 산 이천 원짜리 화분에

시간을 묻고 물을 주거나 했지. 자라지 않는 시간이 있을까. 나는 아직도 자라나고 있는

걸까. 희망은 너무 크고 슬픔만이 체형에 맞는 사람들. 생선 사체 무더기 곁 선창에 병들어

죽은 괭이갈매기의 사체를 보고 여자들이 놀라는 건, 아직 새에 대한 연민이 남아 있기

때문이야. 우린 비천하지만, 날갯짓은 기억하기로 했던 것 같아. 그게 남아 있는 게 신기해.

폐선은 바다에서 녹고 사람은 비에 녹고 있어. 날들
이, 나부끼는 물결을 넘어가며, 내

눈빛을 되돌려주면 고맙겠어. 이상하지. 날이 갈수
록 길에 있는 게 편해. 어쨌든 가고 있는

거잖아.

　　　　　　　　　　　　　　　　　　　―「선창」 부분

　인용된 시의 화자는 선창을 거닐면서 "바다에 눈
빛을 던져두고" "그 눈빛 그물에 걸리기를 기다"린다.
그리고 이 기다림 속에서 시간의 의미, 슬픔과 연민
의 이유, 눈빛의 응답에 대한 기대, 길 가기에 대한 희
망적 생각 등을 독백의 어조로 표현한다. 성윤석의 시
에는 행갈이의 효과를 시도하는 작품이 많이 있는데,
특히 이 시는 한 행이 한 연을 이루므로 의도적 행갈
이의 효과가 더 선명히 드러난다. "이천 원짜리 화분
에 // 시간을 묻고 물을 주거나"에서 행갈이는 물을 주
는 행위가 시간의 흐름 속에서 반복적으로 행해졌음
을 느끼게 하고, "나는 아직도 자라나고 있는 // 걸까"
에서 행갈이는 자문(自問)의 심리적 지속성과 굴곡을
느끼게 하며, "선창에 병들어 // 죽은 괭이갈매기의 사

체"에서 행갈이는 죽음에 이르기까지 병듦의 과정을
느끼게 한다. 그리고 "아직 새에 대한 연민이 남아 있
기//때문이야"에서 행갈이는 연민의 이유에 대한 확
인의 과정을 느끼게 하고, "날들이, 나부끼는 물결을
넘어가며, 내//눈빛을 되돌려주면 고맙겠어"에서 행
갈이는 자존의 회복에 대한 의지를 느끼게 하며, "어
쨌든 가고 있는//거잖아"에서 행갈이는 자기 위무와
격려의 태도를 느끼게 한다. 이처럼 성윤석의 시는 의
도적 행갈이를 통해 의미상의 연결과 호흡상의 단절
이 충돌하면서 얻어지는 리듬 효과를 통해 시적 정서
와 분위기와 의미를 유효적절히 살려낸다.

　넷째는 어조의 다양한 구사를 통해 시적 정서와 분
위기와 의미의 효과를 만드는 기법이다.

　해월(海月)이라고도 불렀답니다. 바다의 달, 정약전
은 유배지에서 얼굴과 눈도 없이
　치마를 드리워 헤엄을 친다고 기록하고 있습죠. 달이
치마를 드리워 세상의
　사람을 어디론가 어디론가 알 수 없는 이끌림과 당김
을 향해 가게 하듯이 오롯이
　바다가 뒤집어져야 해파리 떼들이 다시 사라지겠지
만 오늘은 시월의 달이 너무 부풀어
　저 빛의 치마를 견딜 수 없군요. 그래요. 떠나온 곳의

미련처럼 오늘은 해파리 떼도

　몰려왔군요.

——「해파리」 부분

　인용된 시에서 각 문장의 서술어에 나타나는 어조
를 주목해보자. 첫 문장에서 서술어 "불렀답니다"는
화자가 청자를 향해 말하는 진술임을 암시하고, 둘
째 문장에서 서술어 "있습죠"는 화자가 청자보다 낮
은 지위에 있거나 어린 나이임을 암시한다. 그런데 셋
째 문장의 서술어 "없군요"와 다섯째 문장의 서술어
"왔군요"까지 읽어보면, 이 시의 화자가 한 명이 아니
라 두 명일 수도 있다는 추측을 하게 된다. 즉 서술어
의 어조를 음미할 때, 첫 문장의 "불렀답니다", 셋째
문장의 "없군요", 다섯째 문장의 "왔군요" 등의 발화
주체인 화자 A는 "당신"을 청자로 상정해 진술하고 있
는 반면, 둘째 문장의 "있습죠"의 발화 주체인 화자 B
는 화자 A를 청자로 상정해 진술하고 있는 것처럼 보
인다. 이처럼 성윤석 시에서 어조는 화자의 정체를 암
시할 뿐만 아니라 내적 발화의 심리적 뉘앙스까지 전
달하는 기능을 담당한다.

　이번 시집은 거의 모든 작품들이 각각 상이한 어조
를 보여줄 만큼 다채로운 어조의 실험 무대가 되고 있
다. 예를 들면, "자신의 이름 앞에 글월 문 자를 붙여

놓다니, 문어야말로 문학적 생선이로군. 〔……〕 문어야말로 가장 화학적인 생선이로군"(「文魚」)에서 "~이로군"이라는 어조는 화자가 자기 인식을 확인하는 독백의 표현이고, "언제나 집 걱정은 안하지 않았나. 짐도 버리고 점점 작아져/어느 해엔 큰 가방 하나 들고 이사 가지 않았나"(「손바닥을 내보였으나」)에서 "~지 않았나"라는 어조는 부정을 통해 긍정을 드러내는 자기 확신적 표현이다. 그리고 "선동이란 말은 배에서 바로 얼렸다는 거다 〔……〕 수면 위로 떠오르는 오징어 떼들을 보면 환장한 슬픔이 거기에 있다는 거다"(「오징어」)에서 "~는 거다"라는 어조는 간접화법의 형태를 통해 오히려 사실성의 확정을 강조하는 표현이고, "월세 같은 세월에 밀려/달방에서마저 달만 들고 나왔다네/〔……〕/나 어두워진 채, 떠나온 달방을 보고 있다네"(「달방」)에서 "~ㅆ다네"라는 어조는 화자가 청자에게 과거 경험을 토로하면서 공감을 요청하는 표현이다.

4. 강도와 밀도

성윤석의 이번 시집에 수록된 시들은 내용적 측면에서 '체험의 시'이고, 형식적 측면에서 '실험의 시'라고 요약될 수 있다. 성윤석은 '바다 체험'과 '사랑 체험'이라는 두 가지 체험의 강도를 증폭시켜 시적 내용을 강화하고, '상징 및 알레고리의 실험'과 '리듬 및 어조의 실험'이라는 두 가지 실험의 밀도를 증폭시켜 시적 형식을 강화함으로써, 이전 시집의 성과를 뛰어넘어 새로운 시적 차원을 개척하고 있다. 그런데 성윤석에게 '바다 체험'은 현재의 체험이고 '사랑 체험'은 과거의 체험이므로, 이 두 체험 사이에는 시차(時差)가 존재한다. 이 시차를 메우고 연결시키는 것이 바로 '기억'의 힘이다. 거의 모든 성윤석의 시에는 '바다 체험'과 '사랑 체험'의 간극을 메우는 '기억'의 힘이 내장되어 있다. 크게 조망할 때, 성윤석이 시도하는 '상징 및 알레고리의 실험'과 '리듬 및 어조의 실험'이라는 두 가지 형식 실험은 이 '기억'의 힘이 시적 형상화의 차원으로 전이되어 표면화된 것이라고 볼 수 있다. 결국 성윤석 시의 비밀은 '체험의 강도'와 '실험의 밀도'가 강력하고 집요한 '기억'의 힘에 의해 합체되면서 두 몸이 아니라 한몸을 이루는 데 있을 것이다. 성윤석의 시가 체험의 강도와 실험의 밀도를 고도로 증폭시키며 또 어떤 정박지를 향해 항해하는지 독자들과 함께 지켜보기로 하자. ▨